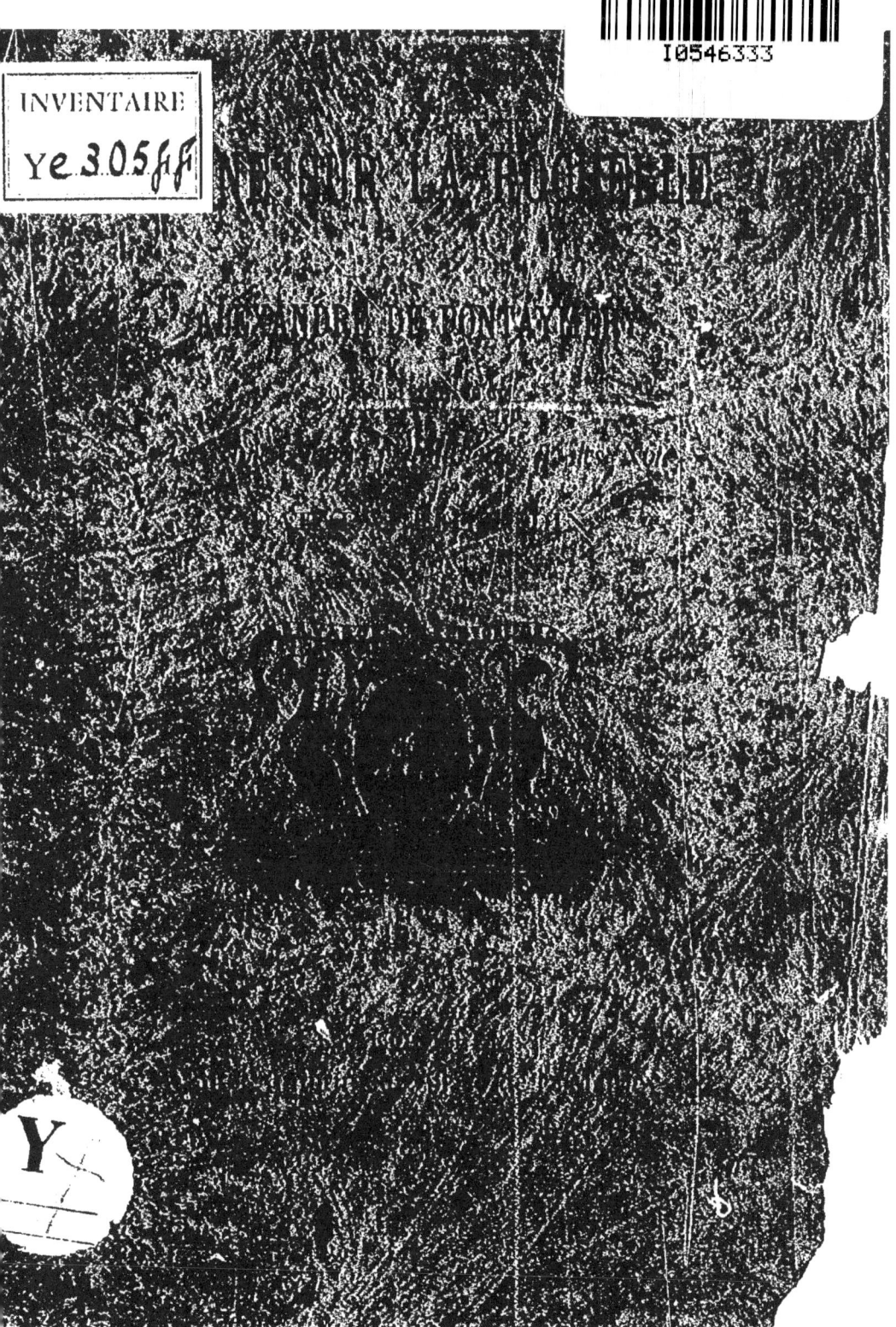

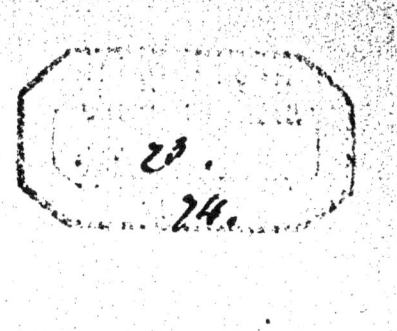

HYMNE SUR LA ROCHELLE

HYMNE SUR LA ROCHELLE

PAR

ALEXANDRE DE PONTAYMERY

POÈTE DU XVIᵉ SIÈCLE

Avec une Notice préliminaire et des Notes

PAR PAUL GAUDIN

LA ROCHELLE

A. Siret, imprimeur, place de la Mairie, 3

1875

HYMNE

DE PONTAYMERY SEIGNEUR DE FOCHERAN

fur la très floriſſante et très fameuſe cité de

LA ROCHELLE

imprimé à la Rochelle en 1594

Par Jérome Haultin.

———❧❀❧———

NOTICE PRÉLIMINAIRE

℔E poëme dont nous nous faisons l'éditeur n'est pas ce qu'on peut appeler absolument une œuvre inédite. Nous en savons au moins un exemplaire imprimé : celui sur lequel cette reproduction a été faite. Mais qu'il en existe un second, nous n'en voudrions pas jurer. Cet exemplaire, probablement unique, de l'édition originale appartient à un de nos concitoyens Rochelais, M. Julien Laurent, à l'obligeance duquel nous en devons la communication. Qu'il nous permette de lui en adresser ici nos plus sincères remerciements.

Ignoré jusqu'à ce jour des plus doctes même d'entre nos érudits, l'hymne du sieur de Focheran aura maintenant sa place — nous l'espérons du moins — dans notre littérature locale, et notre Bibliothèque publique, qui ne possédait guère, en fait de poëmes sur le vieux boulevard huguenot, que d'injurieux libelles à la louange de l'assiégeant vainqueur, pourra désormais mettre en regard du chant de haine le chant d'amour et la louange du vaincu.

Restituant l'œuvre de l'écrivain, nous avons cru ne pouvoir moins faire que de restituer aussi celle de son imprimeur, le Rochelais Jérome Haultin. Types, vignettes, mise en pages, nous avons tout reproduit le plus exactement qu'il a été possible, et il ne tiendra qu'à notre lecteur — avec un peu de bonne volonté — de se croire en présence du tirage même de 1594.

« En ce temps là, dit le pasteur Merlin, l'or et l'argent abondaient à la Rochelle comme les pierres, » et M. Jourdan cite une note du chroniqueur Bergier donnant à penser qu'il n'arrivait pas moins de quatre-vingts navires, à de certains jours, dans la rade [1]. D'où nous pouvons conclure que l'épithète *Très-florissante*, attribuée par Pontaymery à la cité de nos pères, n'est pas un compliment banal et mensonger. Quant au second superlatif, *Très-fameuse*, tout ce qu'on sait de notre histoire le justifie am-

---

[1] Jourdan. *Éphémérides historiques*. T. II, 6 avril 1593.

plement. Durant la période qui sépare les deux
sièges, en particulier, la Rochelle paraît avoir
été une sorte de capitale, à en juger par les
personnages qui y firent séjour. Il n'y avait pas
bien longtemps, en 1594, que le « bien bon
amy » lui-même ne l'habitait plus. Les res-
sources de tout genre y devaient donc être fort
grandes ; toutes les industries de luxe y étaient
cultivées, et cette prospérité matérielle n'allait
pas sans un certain mouvement des esprits que
prouverait la qualité aussi bien que la quantité
des produits du célèbre atelier typographique
d'où est sorti l'hymne de Focheran. « Les
Haultin, à la fois fondeurs, imprimeurs et li-
braires, exercèrent leur profession de 1571 à
1620 avec un grand éclat, et par le nombre et la
nature de leurs publications méritent une place
dans l'histoire politique et dans celle du protes-
tantisme comme dans celle de leur art [1]. »
« La publication des grammaires hébraïque et
chaldaïque de Pierre Martinius, *les Travaux et
les Jours* d'Hésiode, ainsi que les *Commentaires*
de Sponde, supposent un milieu éclairé, sus-
ceptible de comprendre et d'apprécier de telles
productions [2]. »

Fut-ce durant cette période d'activité intellec-

[1] Delayant, *Histoire des Rochelais.* T. II, p. 325.
[2] L. Delmas. *L'Église réformée de la Rochelle.* Chap. III, § 4,
p. 118.

tuelle et de paix relative ou bien un peu plus
tôt, vers 1573, au temps du siège, que le seigneur de Focheran vint à la Rochelle, — s'il y
vint, ainsi qu'il n'est guère permis d'en douter?
Y passa-t-il en simple touriste? Y séjourna-t-il
en défenseur des remparts? Les deux supposi-
tions peuvent être faites, croyons-nous; car
notre auteur était de ces poëtes-soldats comme
il y en eut tant à cette époque troublée de la fin
du XVIe siècle, comme furent Claude de Trellon,
le capitaine Lasphrise, Du Bartas, Odet de La
Noue et le grand satirique D'Aubigné.

Alexandre de Pontaymery ou Pontaymerie,
seigneur de Focheran, naquit à Montélimart vers
le milieu du siècle et vécut jusqu'aux premières
années du règne de Louis XIII. Gentilhomme
protestant, il paraît s'être attaché particulière-
ment à la fortune du duc de Lesdiguières, protestant comme lui et son compatriote, parmi
les troupes duquel il combattit — lui-même
nous l'apprend dans ses œuvres — au siège de
Montélimart (1587) et à la bataille de Pont-
charra[1] (septembre 1591) gagnée par le futur
connétable contre l'ambitieux duc de Savoie,
Charles-Emmanuel Ier. On sait de même par
les confidences du poëte qu'il avait fait un
voyage en Italie, où il était demeuré vingt-deux

---

[1] Pontcharra-sur-Bréda, bourg de l'Isère, sur les confins de la
Savoie, une des stations du chemin de fer de Grenoble à Chambéry.

mois visitant les principales villes, et qu'il en
était revenu profondément indigné des mœurs
du pays. Des traces de ce voyage et de cette
indignation sont visibles dans l'hymne où l'é-
crivain a chanté la Rochelle, et il faut croire
que, contre Milan, sa rancune était restée bien
vive, car c'est la grande capitale Lombarde qu'il
y a chargée de toute sa fureur : « *Milan éhonté,* »
c'est ainsi qu'il l'appelle. Traces non moins
apparentes, qu'on peut encore noter dans ce
panégyrique en l'honneur de la cité Rochelaise:
l'origine Dauphinoise et la religion de l'auteur
s'y trahissent, celle-ci par l'ensemble même de
l'œuvre, celle-là par l'énumération qu'il détaille
avec complaisance, et en homme connaissant
bien les lieux, des contrées et des villes avoisi-
nant Grenoble et Montélimart, sa patrie. Ajou-
tons, pour tout dire, qu'il y a peut-être dans le
développement donné par lui au passage où il
célèbre le siège de 1573, et dans le ton de
profonde gratitude dont il exalte cette muraille,
« *hôtesse tutélaire aux Français pourchassés,* » un
argument en faveur de l'hypothèse de sa présence parmi les assiégés, nos ancêtres.

Les autres ouvrages de Pontaymery sont, par
ordre de dates :

— La Cité du Montélimar, ou les trois
prinses d'icelle, composées et rédigées en sept
livres, dédiées à M. de Lesdiguières, Conseiller

du Roy en son Conseil privé et d'Estat, Capitaine de cent hommes d'armes de ses Ordonnances, et son Lieutenant Général aux armées de Piémont et de Savoye. *S. l., 1591, petit in-4 de 252 pp.*

— Le Triomphe des Victoires obtenües par le sieur Lesdiguières en toutes les provinces voisines du Dauphiné. A. M. de Calignon, Conseiller du Roy et son Président en la souveraine Cour de son Dauphiné. *1591, in-8.*

— Le Roy triomphant, où sont contenües les merveilles du Très-Illustre et Très-Invincible Henry IV, par la grâce de Dieu Roy de France et de Navarre. Dédié à Sa Majesté. *A Lyon, par Thibaud Ancelin, 1594, in-4.*

— Paradoxe apologétique, où il est fidèlement démonstré que la femme est beaucoup plus parfaicte que l'homme en toute action de vertu. *Paris, Langelier, 1594, in-12.*

Ce dernier ouvrage, en prose, est, de toutes les productions de Pontaymery, celle qui eut le plus grand succès. L'idée, en effet, devait plaire à la plus belle moitié du genre humain, et quand on a pour soi cette moitié, il est sûr qu'on aura bientôt l'autre. Edité pour la seconde fois *à Lyon, chez Michel Deublin, 1598, in-12,* le Paradoxe fut réimprimé de nouveau dans le recueil général des œuvres de l'auteur.

Ce recueil définitif est de *Paris, J. Richer,*

1609, in-12. Il comprend : l'Académie ou Institution de la Noblesse Françoise ; le Livre de la parfaicte vaillance ; l'Image du grand capitaine ; deux Discours d'estat, publiés d'abord en 1595, l'un sur la blessure faite à Henri IV par Jean Chatel, l'autre sur la nécessité de déclarer la guerre à l'Espagne ; et enfin quelques poésies, parmi lesquelles un Hymne au Roy et un Hymne à la maréchale de Retz.

Quoique la prose du seigneur de Focheran ait mieux réussi et en réalité vaille mieux que ses vers, il ne s'ensuit pas néanmoins que ceux-ci doivent être absolument dédaignés. L'abbé Goujet [1], les auteurs des *Annales Poétiques* [2] et ceux mêmes de la *Biographie Universelle* [3], tous critiques d'une époque où l'école de Ronsard n'était regardée qu'à travers Boileau, ont bien pu s'égayer aux dépens de notre panégyriste Rochelais. Pour nous modernes qui, mieux éclairés, sommes tenus à plus de justice, nous devons tout d'abord rejeter entièrement ces arrêts sommaires d'opinions prévenues.

Certes, on ne prétend pas se livrer ici à une de ces réhabilitations sans mesure qui sont peut-être un peu trop de mode aujourd'hui. Pontaymery, dans cette très-humble notice,

---

[1] *Bibliothèque Françoise.* T. XIV, p. 99.

[2] Sautereau de Marsy et Imbert. Voir t. X, p. 235.

[3] Editée par Michaud (1811-1828). Voir à l'art. Pontaimeri.

restera ce qu'il est : un imitateur. D'Aubigné,
Du Bartas, ses corréligionnaires et très certai-
nement ses amis, voilà les maîtres qu'il prend
pour modèles, dont il calque la forme, auxquels
il emprunte ses dessins de phrase, ses expressions, parfois même ses vers. Comme pour
Du Bartas, la mer est pour lui « la mer porte-
navires, » Neptune, « le Dieu branle-terre, » les
flots, « les flots-flottants. » Comme d'Aubigné
il déclame et use — on pourrait dire, abuse —
de la répétition. Mais, ceci convenu, il n'en
reste pas moins le talent prouvé par l'imitation
même. Sortons un moment de l'étau classique,
et, la langue admise, — qui est après tout ce
qui plus nous choque, — représentons-nous
quel homme pouvait être un *poeta minor* aux
dernières années de la Renaissance. Le sieur
de Focheran nous apparaîtra ce que sont, de
nos jours, tant de porteurs de lyre dont la
renommée est acceptée sans conteste : copiste,
et rien de plus, il est vrai, mais copiant bien
ce qu'il copie et par cela même ayant un bon
rang parmi cette foule qui, en tout âge poétique, suit les maîtres. Oublié depuis deux
siècles, qu'importe ? Il fut connu du sien.
Combien nous en admirons à l'heure présente
qui, dans cent ans, seront où est Pontaymery !
Et lui aussi eut, de son temps, quelque gloire,
lui aussi vit plusieurs éditions de ses œuvres

et parla en toute bonne foi de son renom chez les races futures ! Il y croyait ; il était excusable : d'autres, autour de lui, partageaient sa croyance. D'Aubigné le cite quelque part au nombre des meilleurs poëtes de l'époque[1]. Bien plus : disciple heureux, il fit lui-même école, et Timothée de Chillac, son élève, ayant remporté à quelque concours une couronne poétique, Pontaymery put sérieusement lui adresser le quatrain qu'on va lire :

Voici le fruit des belles fleurs
Qu'en vous enseignant je fis naître :
Quelles gloires aura le maître
Si l'écolier a tant d'honneurs !

La gloire — et encore au pluriel ! — est un bien grand mot, que peu de gens, parlant d'eux mêmes, peuvent prononcer. Mais l'estime du moins nous semble être due à ce soldat-rimeur qui, non sans énergie et sans verve, chanta ces deux grandes choses : sa foi et la patrie Française. Et cette estime nous la lui devons, nous surtout Rochelais, dont sa muse célébra l'illustre et chère cité.

PAUL GAUDIN.

[1] Voir, au tome I des *Œuvres complètes d'Agrippa d'Aubigné* de la collection Lemerre, la lettre XI du livre VI (*Lettres touchant quelques points de diverses sciences et touchant les personnes qui par elles ont acquis réputation*).

HYMNE

COMPOSE'

SVR LA TRES-FLO-

RISSANTE, ET TRES-

FAMEVSE CITE' DE

la Rochelle.

DEDIE

A Messieurs les Illustres Maire, Eschevins,
& Pairs d'icelle, Par Alexandre de Pont-
aymery Seigneur de Focheran.

A LA ROCHELLE
Par Hierosme Haultin.

1594.

HYMNE COMPOSE' SVR LA

TRES-FLORISSANTE, ET TRES-
fameuse cité de la Rochelle.

STRES *Latoniens qui*, *riches*
    de lumiere,
Saffranez en voftre or la celefte
    carrière,
Qui roulez flammelus parmy le
    Bafliment,
Et le vitrin pourpris du grotté
    firmament,
Qui partagez feconds à nos humbles naiffances
Ou le bien, ou le mal, comme vos influences
Nous verfent icy bas les difcordants accords
Des bizarres humeurs nourrices de tous corps;
Aftres dif-ie immortels qui voyez toutes chofes
Qui naiffent icy bas fous vos flames efclofes,
Benins defcouurez moy les honneurs meritez
Du pourpris Rochelois, ornement des citez.

L'on dict qu'vn iour Saturne, enuironné de guerre
Par fon fils qui l'auoit dechaffé de fa terre,
Ayant rauy fon Sceptre en bon heur plantureux,

Sans le periure effort d'vn fils tant rigoureux,
Recercha souuerain en toute cognoiſſance
Vn lieu propre à baſtir ſon alme demeurance.

Les gés de bien ne peuuent demeurer entre les meschans.

Il fut accompaigné de maints hommes eſpars,
Qui ne peurent ſouffrir ny l'iniure de Mars,
Ny le crime odieux de Iupin de Candie,
Qui leur grâce ſouhaite, & leur faueur mendie.

Les meſchans ont meſme en admiration les bons & les recerchent.

Nous ſuyurons (dirent-ils) le bon heur paternel
Du troy-fois ſainct Saturne, & d'amour mutuel
Nous irons ſoulageant ſa rigueur, & ſes peines
Par les aſpres ſentiers des trauerſes humaines;
» Nous aymons plus chez luy (maintenant eſtranger)
» Boire de la pure eau, & de l'orge manger,
» Et reſter innocens de ta laſche malice,
» Que chez toy préſider coulpables de ton vice.
» Il vaut mieux, il vaut mieux en la maiſon de Dieu,
» Eſtre ſimples portiers que regner en ton lieu,
» Où la foy, la Iuſtice, & l'amour filiale,

Les meſchans ont quelque re ſentiment de leur faute; mais il ne dure guiere.

» Se changent en meſpris, & fureur deſloyale.
Telle fut leur reſponce. Allez, dict Iupiter,
Qui ſembloit repenty ſa faute lamenter.

Sont les voyages de Saturne auât que d'a border à la Rochelle. C'est la mer morte.

Saturne leur feit veoir le dangereux paſſage
Du Belier cornelu, & d'Helles le naufrage,
Il leur feit veoir la Thrace, & la profonde mer
Qu'on ne voit, qu'on n'a veu par les vents eſcumer,
Il courut la Myſie, & la riche Troade,
Et Licie, & Carye, & la belle peuplade
Des femmes ſans tetins; il leur feit voir auſſi
Le froidureux Strimon, des Aigles le ſoucy,

Il veit le beau fe-iour de Theare la belle,
Qui d'Hercule conçeut vne race nouuelle ;
Trauerfant le Bof-phore, il veit les Scithes forts,
Les peuples d'Aquilon qui s'accafent aux bords
De l'Occean glacé, & pouffent leurs armées
Sur le marbre collé des ondes enfermées.

   Puis, foucieux de voir le perleux Orient,
Où la terre & le Ciel enfemble vont riant,
Il trauerfa Cyape, & la blanche Armenye,
La haute Cappadoce, & la pauure Hircanye,
Les fleuues de Tygris, Egron, Alge, & Cerol,
Et connut le maintien du Perfan lafche & mol.

   Il veit Sufe la riche, & Ninine la forte,
Il veit le Chaldean, qui tous les globes porte,
Aftronome parfaict ; puis il veit les deferts,
Et les Parthes mutins de flefches tous couuerts,
Les prouinces d'Affur, d'Egypte, & de Syrie,
Les heureux Sabeans, & la double Arabie,
Le terroir Paleftin, & les peuples d'Edom,   Sont les
Qui viuent auiourd'huy fans terre, & fans renom.   Iuifs.
Bref il veit le plus beau des plus belles prouinces,
Et leurs Sceptres formez, connoitife des Princes,
L'orientale Afie, & puis voulut reueoir
Le beau fein de la terre Europe, son manoir.

   Il feillonna les Mers de la graffe Phœnice,
Et veit vn autre-coup la Grece fa nourrice,
Et, cinglant par faueur sous les aifles du vent
(Qui, Miniftre forcé, l'alloit toufiours fuyuant,)
Il furgit à bon port chez ceux de Sicanye,

Et de là ſe feit veoir aux peuples d'Auſonie.

Il veit Naples la forte, & ſon riche Terroir,
(Qui eſt du Monde entier le racourcy miroir,)
Il veit Rome Emperiere, & Veniſe inſulaire,
Qui plaiſt à tous les Roys, & leur voudroit deſplaire.

Il veit des Padoüans l'imprenable cité,
Et Florence, & Ferrare, & Milan eſ-honté.

Il beut des eaux du Mince, à pliſſure qui iouë
Sur les vallons plus frais de la belle Mantouë.

C'est Turin.
C'est le Po.

Il veit la ville auſſi qui a nom d'vn Toreau,
Et paſſa l'Eridan tiltré d'vn mot nouueau.

De là vint à Lyon, & puis il s'achemine
Par le Rhoſne leger en la terre Daulphine,
Il fut chez les Viennois, & chez les Valentins.
Il veit Rhomans l'antique, & les peuples benins
De l'eſtroicte Grenoble, en vignes foyſonneuſe,
Mais où touſiours le ciel a la face pleureuſe.
Il veit la Meure froide, il veit Gap la cité,
Et Puy-more qui eſt ſur ſon eſpaule enté.
Il veit & Serre, & Dié, & le Creſt qui ſe vante
De tirer de Creſtos le grand Roy ſa deſcente.

Le Mont-limart auſſi fut par luy reconnu,
Qui de Mars & d'vn mont a ſon Tiltre connu;

La fondati-
on de Mar-
seille, &
pour quoy
ils sont mu-
tins.

Saturne veit Orange, & Auignon venteuſe,
Et Marſeille qui vint de la famille honteuſe
Des Phocenſes bannis loing bien loing de leur port
Par l'ire d'Apollon qui les remeit au bord
De la mer Leontide, où encor' ils murmurent,
Et contre le Soleil de la France coniurent.

Il veit Aix la rebelle, & Arles qui se plainct
Que le Rhosne n'est plus de sa camargue loingt.
Il veit Nisme seiour de la race Herculide
Nemause, deschassé de la mer Atlantide.
Mont-pelier fut du nombre, en musquat planturcux,
Et sur tout l'vniuers en medecins heureux.

Beziers en fut aussi, Beziers la double-terre,
Qu'vne ouale sans art d'vne partie enserre.
Il veit les bas fossez du pourpris Narbonnois,
Dont le mur est profond sur tous les murs françois
Et dont les boule-vars sont herissés de mesme
Que sont les Porcs-espics de la chaude Faleme.
Il veit Tholose aussi, Tholose qui a nom
Du propre fils d'Atlas, de l'Africain Tholon.
Il veit Agen la belle, & Bourdeaux l'agreable,
Qui du bord de son eau tient son nom perdurable.
Il veit Blaye, & Broüage, & les isles d'entour,
Que flanque l'Ocean tout ainsi qu'vne tour.

Il vouloit passer oultre, & courir les Bretaignes,
Et de là visiter les Northiques campaignes :
« Vn Dieu n'est iamais las ; » mais tous ses seruiteurs,
Qui de ses voluntez furent tousiours fauteurs,
Qui de ses mandements tousiours firent l'issuë
Ainsi qu'en son esprit elle estoit pretenduë,
(Hormis en ce dessein,) le prierent d'asseoir
En la terre d'Aunix son sacre-Sainct manoir.
Il recercha la place à ses peuples vtile,
Pour après y fonder vn venerable Asile.

Rochelle, ton pourpris n'auoit lors poinct de nom,

C'est la plus riche plai-ne de Fran-ce qui est souuét inő-dée par le Rhosne.

Blitaris.

C'est la pl⁹ basse ville de France. C'est vne isle de Sy-rie.

Et ta rade n'auoit commerce ny renom,
Ton port, hofte des vents, n'eftoit feur au Nauire :
Il eftoit le ioüet de l'vn & l'autre Empire.
Seulement les poiffons, les poiffons afurez,
Humoyent les flots-flotants des replys affeurez
De ton bras Marinier, petit bras d'Amphitrite,
Qui eut le grand Saturne en fa chere conduite.
Ton embouchenre pleut au regard de ce Dieu
Qui choifit fa demeure, & des fiens, en ce lieu.

Promesse de la mer à Saturne batissant la Rochelle.

La mer s'en orgueillit, &, groffe de lieffe,
Feit au pere des iours vne telle promeffe :

    Toufiours mes flots ondeux (Saturne) porteront
Vne calme faueur à ceux qui fe tiendront
Dans le mur defigné de ta ville nouuelle

C'est Neptune le Dieu de la mer.

Que le Dieu branfle-terre appella la Rochelle,
Nom tout plein de feurté, nom du ferme rocher
Qui mefprife les flots, & ne peut tresbucher,
Nom trois-fois bien nommé, nom qui porte vn Augure
Que le mur Rochelois ne peut fouffrir iniure.

    La mer difoit ainfi ; la troupe des Tritons
Accordoit à fon dire, & les flots auortons,
Des vents plus haleineux, changerent en oreilles
Leur bouche qui abbaye, & fçeurent les merueilles
De la mere des eaux qui defence leur feit
A ce que pour iamais aucun d'eux ne meffeit
Aux citadins nouueaux de la ville fidelle,
Ains qu'ils foyent à toufiours vne ayde mutuelle
Au nocher Rochelois que l'onde de la mer
Ne pourra, ne voudra fauorable abifmer,

A qui les vents mutins n'apporteront iniure,
Ny Scylla, ny Caribde, & l'eſtroicte ouuerture
Des Sirtes, ni les Bancs de l'eſchine de l'eau
Qui froiſſent embuſchés maint aueugle vaiſſeau.

Le ciel ialoux de voir la mer porte-nauire
Offrir aux Rochelois tout l'heur de ſon Empire,
Faire calmer les vents, & commander aux flots
De cherir des nochers Rochelois le repos,
De ſon front eſtoillé feit vn ſignal en terre,
Puis il tonna ces mots à Saturne qui erre :

Grand ouurier des ſaiſons, Artiste compaſſeur
Et des ans & des moys, dont ie ſuis l'aſſeſſeur,
Ie t'offre pour iamais vn air plein d'allegreſſe,
Vne influence aux tiens de bon-heur, de ſageſſe,
Vn deſtin continu que ton mur indomté
Ne ſoit iamais par art ou par force emporté.

Telle fut ſa Parole, & ne l'auoit finie,
Quand la terre s'offrit à la Rochelle vnie :
Rochelle (Ainçois l'honneur du monde Europ ean)
Qui hoteles chez toy Saturne Cretean,
Puis que i'ay ceſt honneur que tu ſois vne ville
Aſsiſe ſur mon dos iournellement fertille,

Ie veux que l'abondance & la foiſon de biens
Naiſſe ainſi que chez moy chez ceux qui ſeront tiens.
Ie ſuis mere des Dieux, c'eſt moy qui en Frigie
Leur donnay eſtre & forme, aſſociant leur vie
A l'immortalité : i'oblige leur pouuoir
A cherir tes deſſeins par vn iuste deuoir.

Elle eut dit, & Saturne en accueil honorable

Promesse que feit le Ciel à Saturne pour ceux de la Rochelle.

Sont les tiltres de Saturne.

Promesse de la Terre à ceux de la Rochelle.

Histoire poëtique.

Par trois-fois la baifa d'vn maintien agreable.

Depuis ce temps heureux, les peuples Rochelois

Loüanges des Roche-lois. Ont toufiours maintenu la Iuflice, & les Loys,

Graues imitateurs des vertus paternelles

Qui ne peurent fouffrir l'empire des rebelles

Ny l'orgueil de Iupin, ains feruirent au Dieu

Qui tranf-porta la Foy, la Iuflice en ce lieu

Où toute pieté, toute grâce prefide,

Signal auantageux que Dieu en eſt le guide,

Qu'il en a le foucy, & ne permettra pas

Que les fils de Iupin y furhauffent leurs pas.

Siege de la Rochelle. Le fiege en eſt tefmoing, où la valeur du monde,

Où du Sceptre François la perfonne feconde,

Loüanges du Roy de-funct affie-geur de la Rochelle. Le Soleil des guerriers, l'ornement des François,

Le Phœnix de fon temps, & l'heritier des Roys,

Perdit & fa fortune, & l'entiere efpérance

D'auoir (que par amour & non par fa vaillance)

Vne entrée en la ville, en la ville où les Cieux

Et les bourgeois aftrez, les heros demy Dieux

Et les Anges campoyent : ce prince eſtoit fuiuy

D'vn monde de nobleffe en valeur affouui ;

Son heur iufqu'à ce iour n'auoit faiſt banqueroute,

Ses deffeins s'acheuoyent, & fans aucune doute

Son effort affeuré promettoit à chafcun

Que tout luy deuoit eſtre en ce monde commun ;

Sont les peuples qui recerche-rent le duc d'An-jou, pour estre leur Roy. Son nom eſtoit connu à l'inconnu Sarmate,

Qui boit l'eau de Telek, & celle d'Efialte.

L'Arote froidureux, le Polaque tranfi,

Et le bourgeois de Tane au laueur endurci,

Ceux du grand Bolyene, & ceux de Liuonie,
Ceux d'Alton, de Lipfore, & ceux de Gelonie,
Ceux de Mopfe la riche, & le Cracouitain,
Le choifirent pour Prince, & pour Roy Souuerain.
Bref tout eſtoit pour luy, fors la fuperbe enceinte
Du pourpris Rochelois où la brigade Sainſte
De la France eſplorée auoit eu ſon recours,
Dans icelle eſperant vn celeſte ſecours.

    Le ſiege dis-ie en eſt vn teſmoin ordinaire:
Siege qui ſe desſeit, & s'il ne peut desfaire
Ta fatale muraille hoteſſe du bon-heur,
Ta fatale muraille hoteſſe de faueur,
Hoteſſe du repos de la France affligée,
Hoteſſe de ſeurté à la France afsiegée,
Hoteſſe tutelaire aux François pourchaſſez,
Hoteſſe fauorable aux François deſchaſſez,
Aux François qui ſans toy n'auoyent point d'eſperance
D'humer l'air doucereux de leur mere la France,
Qui pour lors ne pouuoit ſouffrir le nom de Dieu
Eſtre chery des ſiens, ſi ce n'eſt en ce lieu,
Où il vit, où il regne, en deſpit des armées,
Et des Roys forcenez qui les ont animées.

Loüanges de la Ro‑ chelle.

    Diray-ie que tu es le premier ornement
De la France? & auſſi le premier inſtrument
De l'honte des Anglois? que tu fus exemplaire
Au reſte de la France à l'Anglois Tributaire,
De ſecouer le ioug? & pour des Leopards,
Enrichir de trois lys tes vainqueurs eſtendars?
Premiere tu bannis les trouppes d'Angle-terre

Ceux de la Rochelle furent les premiers qui ſecoüe rèt le ioug des An‑ glois.

Loing, bien loing de la France, en la mer qui l'enferre,
Premiere tu rendis au François liberté,

Naturel de
l'Anglois.

Premiere tu vainquis cest iflote indomté,
Cest Anglois, infolent en fa bonne fortune,
Mais qui ne peut fouffrir quand elle eft importune.

Conclusió
du tout.

Aufsi, comme le ciel du monde eft l'ornement,
Comme les aftres font l'honneur du firmament,
Comme la mer des eaux eft la gloire premiere,
Et comme le Soleil eft chef de la lumiere,
Et comme la lumiere eft la gloire du Iour,
De toutes les citez le prix eft ton feiour.
Et ce qui te rend plus en ton bon-heur heureufe,
Et ce qui te rend plus en gloire plantureufe,
Eft que tu fçais choifir des hommes qui te font
Porter au cœur le zele & l'honneur fur le front,
Eft que tu fçais choifir des hommes qui prefident
Sur ton corps bien vny que cherement ils guident
Au fentier de feurté, au fentier de vertu,
Sentier qui ce iourd'huy n'eft pas guiere batu
(Si ce n'eft dans tes murs, où elle eft familiere,
Où elle va broffant vne faincte carriere,)
» Pour te conduire au ciel, le domeftique abord
» De c'il qui vit en Dieu mefme au fein de la mort.
Voylà (nobles Seigneurs) la fin de mon ouurage,
Mais ce n'eft pas la fin du vigoureux courage
Que i'ay de vous feruir, & de vous honorer,
Et que i'ay de vous faire à mes fens admirer,

Atlas sou·
tient les
cieux.

Et de mes fens au monde, & du monde plus loing,
Vous faire compaignons d'Atlas, qui a le foing

Et la charge des cieux, ainſi que la Rochelle
Ploye ſous vos vertus, des autres le modelle :
Rochelle qui s'honore en vos natiuitez,
Comme le Ciel d'Atlas aux labeurs indomptez,
Atlas qui ne vous eſt meſme en valeur semblable,
Atlas qui ne vous eſt en charge comparable,
Eſgaux en voſtre vie & du tout ſoucieux
De gouuerner la ville ainſi qu'il faict les cieux.

Loüanges
de Mes-
sieurs les
Maires Es-
cheuins &
Pairs de la
Rochelle
comparez
au grand
Atlas.

Vostre plus humble seruiteur
Pont-aymery.

NOTES

PAGE 17.

I. — *Et le vitrin pourpris du grotté firmament.*

Vitrin : Cristallin, clair comme une vitre.
Grotté : Voûté, formant le dôme.

II. — *Les discordants accords....*

Antithèse fréquente chez les auteurs du XVIᵉ siècle. On retrouve dans ce passage la doctrine si répandue alors de l'influence des astres sur la destinée humaine.

PAGE 18.

III. — *Sans le parjure effort d'un fils tant rigoureux....*

Le sceptre, c'est-à-dire, le règne de Saturne (qui eût été) en bonheur plantureux, sans le parjure effort, etc....

IV. — *Nous aimons plus chez lui maintenant étranger....*

On sait comment d'Aubigné a traduit ce même endroit des Psaumes :

> Pourtant il vous serait plus beau en toutes sortes
> D'être les gardiens des magnifiques portes
> De ce temple éternel de la maison de Dieu,
> Qu'entre les ennemis tenir le premier lieu ;
> Plutôt porter la croix, les coups et les injures,
> Que des ords cabinets les clefs à vos ceintures....
> TRAGIQUES, LIV. II *(Princes) in fine.*

PAGE 19.

V. — *Les peuples d'Aquilon qui s'accasent aux bords*
De l'Océan glacé, et poussent leurs armées
Sur le marbre collé des ondes enfermées.

S'accasent : S'établissent, établissent leur case *(ad casam).*
Le marbre collé des ondes enfermées, c'est la glace.

PAGE 20.

VI. — *Il but des eaux du Mince à plissure qui joue*
Sur les vallons plus frais de la belle Mantoue.

Plissure : Ride. C'est comme s'il y avait : Il but des eaux du
Mincio dont l'onde ridée se joue sur les vallons les plus frais de
la belle Mantoue.

VII. — *Et passa l'Eridan titré d'un mot nouveau.*

Titré : Nommé. Plus bas, même page il est question de
Montélimart qui tire son *titre* (son nom) de Mars et d'une
montagne.

VIII. — *La mer Léontide :* Le golfe du Lion.

IX. — *Et contre le Soleil de la France conjurent.*

Ce Soleil de la France imprimé par une majuscule m'a tout
l'air de vouloir dire Henri IV. Voir, page 10, les expressions
que l'auteur emploie pour désigner le duc d'Anjou (Henri III).

PAGE 21.

X. — *Il vit Aix la rebelle.*

Aix, Marseille et toute la Provence étaient encore au pouvoir
du duc d'Epernon et du duc de Savoie, contre lesquels combat-
tait victorieusement Lesdiguières. On peut supposer que notre
poëte avait fait au moins une partie de cette campagne de
Provence.

XI. — *Béziers la double-terre.*

La note marginale de Pontaymery porte *Blitaris.* Je suppose
qu'il a voulu dire : *Biterræ,* nom latin de Béziers.

PAGE 22.

XII. — *Seulement les poissons, les poissons azurés*
Humaient les flots-flottants des replis assurés
De ton bras marinier.

Flots-floitants sent son Du Bartas. Voir la Notice préliminaire sur ces rencontres du poëte avec Du Bartas et D'Aubigné.

J'ai respecté partout le texte original, même quand j'ai cru à une faute d'impression. C'est ainsi que, dans ces deux vers, les deux épithètes « *azurés* » et « *assurés* » me paraissent avoir changé de place dans l'atelier de Jérome Haultin. Je lirais volontiers :

> *Seulement les poissons, les poissons assurés*
> *Humaient les flots-flottants des replis azurés*
> *De ton bras marinier.*

L'auteur vient, en effet, de s'exprimer ainsi :

> *Ton port, hôte des vents, n'était sûr au navire.*

Comment parlerait-il, deux vers plus bas, des « replis *assurés* de ce port ? » Il semble, au contraire, très-raisonnable de supposer qu'après avoir dit : « le navire n'y est pas en sûreté, » il ajoute : « seuls, les poissons assurés, etc.... » Ajoutez que l'épithète « azurés », appliquée aux poissons en général, offre un sens tout-à-fait inexact, tandis que, appliquée aux flots, elle n'a rien que de très-ordinaire, on peut dire même de très-banal.

XIII. — . . . . *Et les flots avortons,*
> *Des vents plus haleineux changèrent en oreilles*
> *Leur bouche qui aboie.*

Ici encore le sens est inexplicable sans une variante. Je lirais :

> *Et les flots avortons,*
> *Les vents plus haleineux.... etc.*

c'est-à-dire : « Et les flots avortant (s'apaisant), les vents devenant plus doux changèrent leur bouche en oreilles. » Il n'est pas besoin de faire remarquer l'étrangeté de la métamorphose.

PAGE 23.

XIV. — *Rochelle (ainçois l'honneur du monde Européen),*
> *Qui hôtèles chez toi Saturne......*

Ainçois : Ou plutôt. — *Hoteler :* Accueillir, loger. Ces deux vers seraient en langue moderne :

> Rochelle, (ou mieux l'honneur du monde Européen,)
> Qui recueilles chez toi Saturne......

PAGE 24.

XV. — *Les bourgeois astrés :*

Les bourgeois semblables à des astres. Si ce n'est pas une affreuse hyperbole, tout serait donc bien changé !

Notez, à cet endroit, quatre vers de suite en rimes masculines. Peut-être encore une erreur d'impression.

PAGE 25.

XVI. — *Siège qui se défit et s'il ne put défaire
     Ta fatale muraille......*

Antithèse bien dans le goût du temps. *Si* me semble avoir dans ce passage un sens plus fort que son sens ordinaire, *Pourtant.* J'expliquerais volontiers ainsi :

     Siège qui se défit *bien loin qu'il* pût défaire
     Ta fatale muraille.

XVII. — . . . . *Et pour des léopards
     Enrichir de trois lys les vainqueurs étendards.*

Pour : En échange de, à la place de. « Et à la place des léopards enrichir tes étendards de trois lys. »

PAGE 26.

XVIII. — *Première tu vainquis cet ilote indompté.*

Ilote : Insulaire. Ce sens ici paraît indiscutable. Mais je crois bien qu'on ne le retrouverait nulle part ailleurs.

XIX. — *Où elle va brossant une sainte carrière...*

Brossant ou *Broussant :* Parcourant. On avait autrefois *brousser* et *rebrousser.* Le dernier seul a survécu.

FIN.